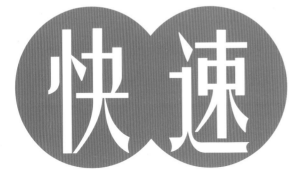

学食雕

哺乳动物造型

主编 张卫新

上海科学技术文献出版社

图书在版编目（ＣＩＰ）数据

快速学食雕．哺乳动物造型／张卫新主编．—上海：上海科学技术文献出版社，2010.1
ISBN 978-7-5439-4036-9

Ⅰ.快… Ⅱ.张… Ⅲ.食品－装饰雕塑 Ⅳ.TS972.114

中国版本图书馆 CIP 数据核字（2009）第 123539 号

策划编辑：百　辛
责任编辑：陈宁宁
封面设计：夏　清

食品雕刻教与学

哺乳动物造型

张卫新　主编

上海科学技术文献出版社出版发行

（上海市长乐路 746 号　邮政编码 200040）

全国新华书店经销

上海书刊印刷有限公司印刷

开本 787×1092　1/16　印张 4.5

2010 年 1 月第 1 版　2010 年 1 月第 1 次印刷

ISBN 978-7-5439-4036-9

定价：25.00 元

http://www.sstlp.com

主　编：张卫新

研习食雕技艺
弘扬中华美食

姜习

二〇〇四年二月

姜习　世界中国烹饪联合会会长、中国烹饪协会名誉会长

食品雕刻藝術

中華烹飪瑰寶

張世堯

二〇〇〇年二月

张世尧　中国烹饪协会会长

序

　　食品雕刻是以蔬菜瓜果等硬性原料和面、糖、黄油等软性食品原料为对象，借助食品刻刀、面塑刀、油塑刀、冰雕刀等雕刻工具，运用切、削、旋、挖、镂等雕刻和揉、搓、贴、压、捏等塑造技法，对食品原料自身进行一定艺术造型的一种烹饪活动。它把烹饪和艺术有机地结合起来，使烹饪作品在具有食用性的同时，又具有艺术观赏性，是我国雕塑艺苑的一朵奇葩。

　　《快速学食雕》丛书——《花卉造型》、《禽鸟造型》、《哺乳动物造型》、《人物造型》、《龙凤造型》、《面塑造型》出版了，这是我单位青年烹饪教师张卫新同志继《中国宴会食品雕刻》一书后的又一力作。多年来他刻苦钻研、积极进取、不断创新，在中式烹饪尤其是食品雕刻领域取得了可喜的成就，在全国及省市级比赛中多次获奖，出版了多本烹饪书籍，其作品被多家报刊杂志发表，并接受中央电视台专访。授课之余还常被邀请到长城饭店、北京全聚德烤鸭店等多家宾馆饭店设计制作大型宴会展台，获得一致好评。

　　《快速学食雕》丛书主要具有以下特点：

　　一、意识超前、思想领先。丛书体现了作者对食品雕刻的新认知、新感触，相信它会把读者领入食品雕刻艺术的新境界。作者对烹饪、民俗、工艺美术、食品原料、历史地理、建筑设计等方面的知识进行了不懈地钻研和探索，并不断地开拓和创新，其刀法精炼、技法娴熟，雕刻作品构思巧妙、造型生动、富有灵气和创意，常有与众不同处。

　　二、形式新颖，内容详尽。丛书在内容和形式上独具匠心，另辟蹊径，它将花卉、禽鸟、人物、哺乳动物、龙凤、面塑等众多题材分列开来，独自成册，进行了较为详尽的阐述。作者不辞辛苦，历时五年，用料三万余斤，亲自雕刻并拍摄近千件食雕作品，对主要作品的制作过程还做了图示讲解，直观形象，简便易学。另外，丛书对食雕原有题材进行了大胆创新，融进并增加了大量极富时代气息的新题材，如纤夫的爱、喜迎奥运、世界杯畅想、相聚 2008 等。

　　三、技法独特、造型巧妙。书中除了讲述戳刀法、旋刀法、直刀法、揉搓法、挤压法等常规刀法外，还着重讲述了划刻法、镂雕法、抖刀法、包裹法、填充法等新技法，这些技法简单易学、实用性强、便于操作，能使读者更快更好地掌握和运用食品雕刻技艺。书中既有按刀具技法的雕刻作品，又有依原料自身形态雕刻的作品，做到了零雕整装、立体整雕的灵活运用，造型极富变化，并对采用不同原料和技术而出现的不同雕刻效果进行了比较说明。

　　在此，我愿向广大读者推荐《快速学食雕》丛书，希望它能成为读者的良师益友，同时也希望能在更多的烹饪培训院校中得到推广应用。

劳动和社会保障部培训就业司司长

目　录

如图所示：1、2、3、为大、中、小三种直刀，其1为大号直刀，又称西餐分刀，主要用于对原料的切削和打圆；2为中号直刀，又称制坯刀，主要用于原料大坯的切削制作；3为小号直刀，因其用途广泛，刀不离手，所以又称为手刀，可用于切、削、划、刻、旋、剔、镂等各种技法。

4、5、6为大、中、小号U形戳刀，主要用于戳刀法，用于对花卉、禽鸟羽毛及假山石的雕刻。

7、8、9为大、中、小号三角戳刀，主要用法与U形戳刀类似。

10、11、12为大、中、小号V形木刻刀，主要用于戳刀法，用于雕刻龙爪菊、旋风菊等各种菊花、禽鸟颈羽、尾上覆羽、人物须发、服饰等。

13为挑线刀，主要用于挑拉技法，用于瓜灯（盅）各种环、扣、线的挑拉。

14为圆规，主要用于绘制瓜灯（盅）图案。

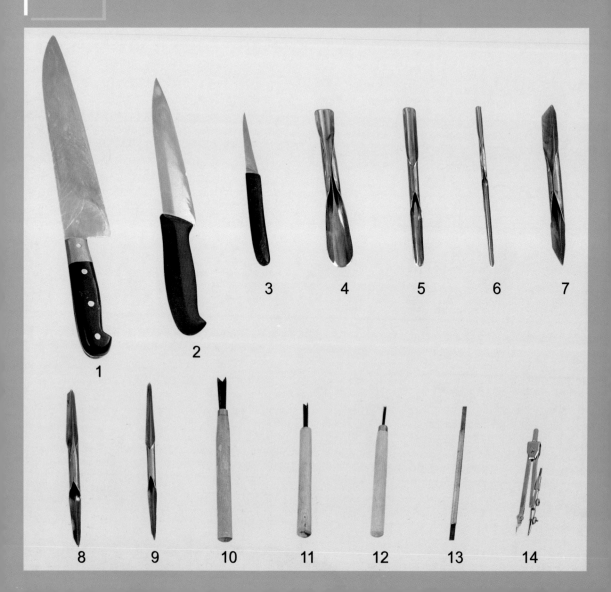

第一章　哺乳动物雕刻基础知识

"子鼠、丑牛、寅虎、卯兔、辰龙、巳蛇、午马、未羊、申猴、酉鸡、戌狗、亥者"，民俗十二生肖之中哺乳动物就有九个，这说明哺乳动物与我们的生活有着密切的关系。每个人从一诞生就与动物有了不解之缘，被赋于相应的"属相"。不仅如此，人们日常祝福用语也有许多和哺乳动物有关，比如恭贺事业有成常用"马到成功"，恭贺财运旺盛用"马上发财"，恭贺官运亨通用"辈辈封侯（猴）"、"封侯挂印"，恭贺吉祥用"三阳开泰"、"太平有象"，恭贺富有朝气用"生龙活虎"等等。哺乳动物在所有脊椎动物中属最高级动物，大多体温恒定，生有皮毛，以乳汁哺育幼儿。哺乳动物可分为食肉、食草和杂食三大类别，我们在食品雕刻中主要对家畜和猛兽进行艺术造型。

第一节　哺乳动物造型特征

一、哺乳动物的基本结构（如下图所示，以马为例）

哺乳动物的身体可分头、颈、躯干、四肢、尾五大部分，每一部分又由若干单元构成。

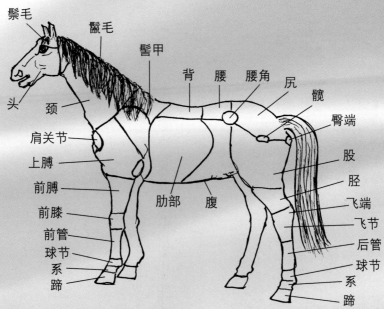

二、常用哺乳动物头部造型图（如下图所示）

象　　　　　　　羊　　　　　　　鹿

马　　　　　骆驼　　　　　猴　　　　　牛

犬　　　　　熊　　　　　虎　　　　　狮

三、常见哺乳动物足和爪的比较（如下图所示）

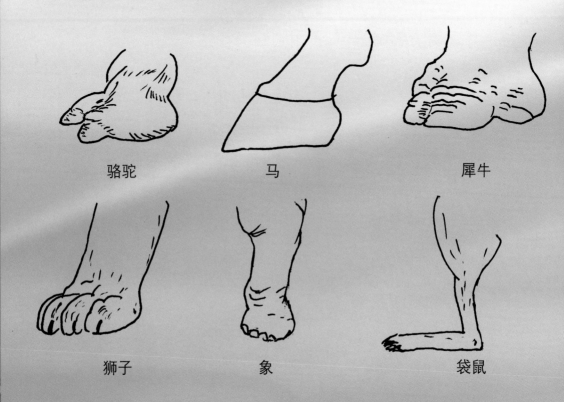

骆驼　　　　　马　　　　　犀牛

狮子　　　　　象　　　　　袋鼠

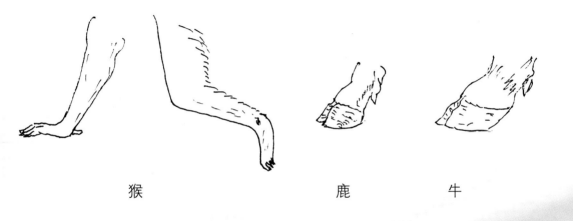

猴   鹿   牛

第二节　哺乳动物的雕刻

一、适用于哺乳动物雕刻的食品原料

胡萝卜、芋头、红薯、实心南瓜、白萝卜、琼脂、冰等形体较大、质地紧密脆嫩的原料。

二、哺乳动物雕刻常用刀具刀法

1．分刀，常用切、削刀法，用于将原料加工成块面状初坯大形。

2．直刀，常用划、刻、剔等刀法，用于对初坯进行细工雕刻。

3．U形戳刀，常用戳刀法，用于对岩石等陪衬物品进行雕刻。

三、哺乳动物雕刻的步骤

确定主题→选择原料 ⇌ 设计造型→初坯制作→细工雕刻→整体修饰→组合运用。

首先根据宴会性质、菜品造型、顾客身份、展台内容的各自特点，选择、确定所要雕刻的对象；然后选择质地紧密、脆嫩、形体较好的原料，对其进行形态和神态的设计（也可先设计造型再依造型选择原料）；其次将雕刻对象进行几何分解，削切成块面状大坯初形，再对其进行由方到圆、由线到点、由整体到局部的细工雕刻；最后对其造型、动态、神情、色泽、陪衬等进行修整和补充，达到需求后再组合装盘。

四、哺乳动物雕刻要点

1．进行哺乳动物的雕刻创作时不仅要把动物本身外在的体表特征表现出来，还应注意在动态下不同动物的骨骼结构、肌肉组织的变化规律，做到该露则露、该藏则藏，力争做到气韵生动、形神兼备。

2．作大坯时应按头→颈→躯干→四肢→尾的顺序进行切块和分面，并尽量将头和四肢留有足够的加工空间。

3．细工雕刻过程中要掌握"从方到圆、从面到线、从线到点"的原则逐次深入。

4．雕刻头部时要注意耳、鼻、眼三点始终处于同一直线，两侧"耳、角、眼"各自构成三角形这个共同特征。

五、食雕哺乳动物作品的应用

1．食雕哺乳动物小品可以用于冷菜、热菜、面点的盘饰装点，能够弥补菜点在色彩搭配、三维构图、菜肴创意等方面的不足，但应注意合理、巧妙地运用，切不可喧宾夺主、生熟不分。

2．食雕哺乳动物作品组合可以用于各种主题宴会之中，能够起到明示宴会内容、活跃宴会气氛、提高宴会档次的作用。在生日、祝寿宴中经常应用十二生肖中的鼠、牛、虎、兔、马、羊、猴、狗、猪的艺术造型和代表长寿吉祥的蝙蝠组合的五福捧寿，友人聚庆宴中应用的有雄鹰和熊组合的英雄荟萃，八匹马组合的八骏图，虎与鹰组合的虎胆英雄，虎与龙组合的卧虎藏龙等，福禄宴中应用的有马与元宝、金钱组合的马上发财，马与猴子组合的马上封侯，蝙蝠与金钱组合的福在眼前，蝙蝠与梅花鹿组合的福禄有余，一大一小两只狮子组合的太师少师，雄鸡、鸡冠花与梅花鹿组合的加官受禄；国宴中应用花瓶与象组合的太平有象，三只山羊与太阳组合的三阳开泰，象与如意组合的吉祥如意等。

3．食雕哺乳动物大型作品可以用于制作各类大型展台，常应用于各种大型团拜会冷餐宴会、鸡尾酒会或比赛中，用以烘托会场气氛。

第二章　哺乳动物造型制作图解

第一节　食肉性哺乳动物

类型：整雕
原料：实心南瓜
刀具：分刀、直刀
刀法：切、削、划、刻
步骤：（如图）

1.将实心南瓜切成梯形大坯。

2.用直刀刻出虎鼻、眼。

3.将整个头部刻出。

4.初步确定身体、四肢、尾的位置和动态。

5.细刻出身体、四肢和尾。

6.用直刀划刻出身体部位纹斑，另刻一只兔子与其组合。

活学活用

1.雕刻过程中要紧紧抓住虎的特征：头圆颜短、爪利牙锋、眼似铜铃、身体强健、肌肉发达、面目凶狠（咬肌、口轮匝肌、鼻骨发达）、善于跳跃、皮毛美丽、富有纹斑。

2.虎与福谐音，寓意吉祥、幸福，食品雕刻中应用的造型组合主要有藏龙卧虎（与龙组合）、龙虎斗、英雄虎胆（与雄鹰组合）、福寿延年（与松鹤组合）。

非

洲

狮

原料：实心南瓜

类型：整雕

刀具：分刀、直刀

刀法：切、划、刻

步骤：（如图）

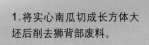

1.将实心南瓜切成长方体大坯后削去狮背部废料。

2.用直刀切削出块面状狮初坯。

3.雕刻出鼻、眼、耳、唇、齿、毛发、身体、四肢和尾。

原料：实心南瓜
类型：整雕
刀具：分刀、直刀
刀法：切、削、划、刻、
　　　旋、剔
步骤：（如图）

1.将实心南瓜切成长方体大坯。

2.削去头颈上部废料。

3.依次细雕出狮鼻、眼、
耳、唇、齿。

4.修出身体和四肢大形。

5.划刻出头部、背部鬃毛，再
细刻出四肢和底座即可。

师生情意

原料：实心南瓜
类型：整雕
刀具：分刀、直刀
刀法：切、削、划、刻、
　　　旋、剔
步骤：（如图）

1.将实心南瓜切成
正方体大坯。

2.将大坯切削
面状狮初坯。

3.细工雕出头部造型。

4.修出身体、四肢和
尾部大形。

5. 细刻出背部
鬣毛和尾部。

6.细刻出四肢及爪，另刻
狮、笙、如意组合即可。

活学活用

　　1.非洲狮大部分生活在非洲草原地带，雌雄形体差异明显，雄狮身体较大，颈部和肩部生有长鬣毛；雌狮身体较小，没有鬣毛。狮和虎同属猫科，形态特征极其相似，雕刻时应注意仔细区别，除毛发长短及纹理不同外，狮体形稍大，头形、耳朵较圆，上眼睑较厚大，鼻头略大，鼻根略窄

　　2.中国传统狮与非洲狮形体特征明显不同，头大口方，眼圆耳尖，腿粗爪锋，尾短而翘。

　　3.狮与师偕音，常指太师、师者，是吉祥、喜庆、正义、勇敢的象征，常用的造型组合有太师少师、狮子戏绣球、狮王争霸等。

原料：实心南瓜
类型：整雕
刀具：分刀、直刀
刀法：切、削、刻
步骤：（如图）

1.将南瓜切成长方体大坯。

2.削出头部和身体大坯。

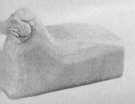

刻出嘴、鼻、耳、眼等局部。

4.依次刻出颈部及前肢。

5.刻出腰腹部及后肢。

活学活用

食雕海狮造型以海狮戏球最为常用。

嬉戏

原料：实心南瓜
类型：零雕整装
刀具：分刀、直刀、V 形
　　　木要刻刀
刀法：切、削、戳、剔、
　　　刻
步骤：（如图）

1．取长弯形实心
南瓜一段。

2．用直刀切削出纺锤状海豚大坯。

2a．侧面图

2b．背部图

2c．腹部图

3．依次细刻出长
吻（嘴）、眼、身、
鳍、尾。

4．用 V 形木刻刀戳出底
部浪花。

活学活用

1．海豚体形似鱼，长 2～2.6 米，有背鳍，鼻孔生于头顶上，嘴尖、体侧通常有两条鳍纹，常群游于海面，以小型鱼、虾、蟹等为食。

2．鲸目动物是现存最古老、最聪明、体形最庞大的哺乳动物，分为有齿鲸和无齿鲸两类。鲸目动物主要有座头鲸、虎鲸、一角鲸、抹香鲸、白鳍豚、海豚等。

3．鲸和鱼的区别为：体形差异，鲸一般形体较大，鱼稍小；泳姿差异，鲸游动时尾部上下摆，鱼类游动时左右摆动；呼吸差异，鲸靠肺呼吸空气，故常跃出水面，鱼靠腮呼吸，在水中完成。

类型：零雕整装
原料：实心南瓜、白萝卜
刀具：分刀、直刀
刀法：划、刻、切
步骤：（如图）

1.将实心南瓜切成长方体大坯。

2.用直刀削□部、背部初坯。

3.组刻出口、鼻、耳。

4.划刻出身体、四肢、尾的大形。

5.细刻出身体、四肢、尾。

活学活用

1.狗的特征如下：鼻敏嘴长、牙利口张、动作敏捷、善于奔跑。

2.食雕狗的造型常用于生日、祝寿宴或菜肴的盘饰之中。

第二节　食草性哺乳动物

　　食品雕刻中主要以食草性哺乳动物中的水牛、黄牛、马、梅花鹿、长颈鹿、山羊、绵羊、盘羊等为雕刻题材进行艺术创作和应用。

原料：弯形实心南瓜

类型：整雕

工具：分刀、直刀、小号V形木刻刀

刀法：切、削、划、刻、戳

步骤：（如图）

1.切出南瓜大坯。

2.划刻出牛的头部位置。

3.削切出成块面结构的牛初坯。

4.确定牛头五官的位置，将初坯进行修整。

5.细工雕刻出头、颈、四肢、身体及尾部。

6.用小号V形木刻刀戳出尾部及身体毛发纹理。

活学活用

　　1.食品雕刻中以水牛、黄牛造型应用最为广泛。

　　2.水牛喜欢栖息于热带、亚热带的池塘之中，体形较大，毛短顺滑，牛角呈对称长弧形，扁平而尖。

　　3.牛是奋进、力量、拼搏、奉献的象征，食品雕刻中牛的造型可广泛应用于友人饯行宴、谢师宴、庆功宴当中。

趾高气昂

4

原料：实心南瓜
类型：整雕
刀具：直刀、V形木刻刀
刀法：切、削、刻、戳
步骤：（如图）

1.用分刀将南瓜切成长方体大坯。

2.于大坯右上端刻出马头。

3.用直刀划出马的大体轮廓。

4.沿轮廓线去掉废料。

5.刻出马的身体及前后肢，用V形木刻刀戳出马尾，用直刀进一步刻化出鬃毛、骨点和肌肉。

活学活用

1.马的雕刻应重点表现其骨点和肌肉在运动中的相互转换关系。

2.马是力量、速度、雄壮、健美、勇敢的象征，食品雕刻中应用造型有马上发财（马和元宝、金钱组合）、马上平安（马和花瓶组合）、马到成功、八骏图、天马行空、龙马精神（马与龙的组合）及和武将的配合使用，广泛应用于多种宴会之中。

热带风情

原料：芋头
类型：整雕
刀具：直刀、分刀
刀法：切、削、划、刻
步骤：（如图）

1.将芋头切成长方体
大坯。

2.用直刀削出长
颈鹿背部大形。

3.削出头颈部大坯。

4.刻出头部眼、耳、
角、鼻等部位。

5.修出四肢
和身体大形。

6.细刻出四肢、身体及尾
部，另刻一大一小长颈鹿
与其组合即可。

长颈鹿

活学活用

1.雄性鹿一般有角，食品雕刻中主要应用梅花鹿及长颈鹿的各种造型组合。

3.长颈鹿的雕刻不仅要表现出不同动态中骨骼和肌肉的变化规律，还要表现出两长两短（颈长、腿长、身短、角短）、一高一矮（前肢高、后肢矮）的独有特征。

4.鹿与禄、路谐音，我国传统民俗中常以梅花鹿寓意财运、官运及寿辰。食品雕刻中常用的造型有鹤鹿同春（仙鹤与鹿组合）、福禄有余（蝙蝠、鹿、鲤鱼组合）、南极仙翁（鹿与寿星、仙鹤组合）、一路平安（鹿与花瓶组合）、加官受禄（雄鸡、鸡冠花与鹿组合），另外在西方国家鹿和圣诞老人的造型组合也很普遍。

哺乳动物造型制作图解

羊

原料：芋头
类型：整雕
刀具：分刀、直刀、Ｖ形
　　　木刻刀
刀法：切、削、刻、剔、
　　　戳等
步骤：（如图）

1.将芋头切成近似长方形的大坯。

2.削出背部和头顶轮廓。

3.细刻
头部五官

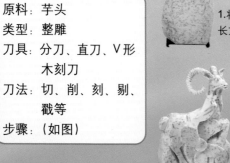
4.划出身体、四肢和金钱大体位置。

5.将羊体各部位精细修整，用Ｖ形木刻刀戳出金钱和胡须。

活学活用

　　1.山羊和绵羊有以下不同：绵羊除少数品种外，只有雄性有角，皮毛绒细而弯曲；山羊不论雌雄都长有强状有力的角，皮毛粗直，具有较长的胡须。

　　2.羊和阳同音，与祥谐音，寓意阳刚之气和吉祥如意，食品雕刻中以三阳开泰（三只羊和太阳组合）、财源滚滚（山羊和金钱组合）等造型组合最为常用，另外，羊跪地吸母乳造型，是子女孝顺的象征。

原料：实心南瓜

类型：整雕

刀具：分刀、直刀、V形木刻刀

刀法：切、削、刻、镂、剔等

步骤：（如图）

1.将实心南瓜切成长方体大坯。

2.将母猪、小猪位置和动态进行初步确定。

3.细刻出母猪头部形状。

4.细刻出四只不同动态的小猪。

5.运用戳刀法和镂雕技法刻出元宝和金钱，再对整体进行精细修饰即可。

活学活用

1.猪的造型特征是头大、耳大、腿小、脚短、吻长、体肥，在雕刻时可以运用拟人手法将以上各部位进行夸张和变形，尽量刻画出憨态可鞠、趣味盎然的艺术造型。

2.猪的食雕造型主要有元宝猪、卡通猪、猪八戒等，主要应用于生日宴、福禄宴中。

象

原料：芋头、胡萝卜
类型：零雕整装
刀具：分刀、直刀、Ｖ形
　　　木刻刀
刀法：切、削、刻、戳
步骤：（如图）

1.将芋头切成一端呈三角形、一端呈现长方形的大坯。

2.用直刀刻出象牙和象鼻。

3.划出扇状耳朵大…

4.削出身体和四肢大坯。

5.修整大坯，刻出骨骼和肌肉。

6.进一步刻出眼、鼻、肢体及尾…

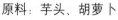
活学活用

　　1.象具有以下共同特征：鼻长而圆，形似圆筒，门齿（象牙）发达，突出唇外，毛稀皮厚，富有肌肉，四肢粗壮，宛如立柱。象的雕刻重点表现长牙、长鼻、大耳、粗肢、状体等几大特征。

　　2.象是力量、坚强、勇敢、正义的化身，寓意吉祥幸福和长寿安康（象平均寿命80岁），在食品雕刻中应用的造型组合有吉祥如意（象和如意组合）、太平有象（象和花瓶组合）、富贵吉祥（象和牡丹组合）等。

第三节　杂食性哺乳动物

食品雕刻中主要以金丝猴、松鼠、刺猬、蝙蝠、兔子等作为雕刻对象。

料：实心南瓜
型：整雕
具：分刀、直刀
法：切、削、刻
骤：（如图）

1.将实心南瓜切成
兔形大坯。

2.刻出兔头、鼻、眼、耳。

3.划出身体、四肢大形，剔除
多余废料，从头至尾再细工
修饰即可。

活学活用

1.兔的主要形态特征是前肢短后肢长，尾巴短、耳朵长。
2.食品雕刻中主要以家兔、野兔和卡通兔（如兔爷）造型为主，也可与鹰和嫦娥组合应用。

对弈

原料：实心南瓜

类型：零雕整装

刀具：分刀、直刀、V形戳刀

刀法：切、削、戳、剔、刻

步骤：（如图）

1.将实心南瓜切成长方体大坯。

2.用直刀削切出块面状猴初坯。

3.细刻出头部五官造型。

4.刻出身体和四肢动态。

5.另取原料刻出尾，粘好。

活学活用

1.猴是灵长目动物中体形偏小的种群，大多生性机敏，活泼好动，喜欢玩耍，有长尾叶猴、鼻猴、金丝猴、弥猴、夜猴、蜂猴、赤猴等多种。

2.猴的雕刻造型动作多用拟人手法表现，常用于生日宴席、儿童节庆宴会。

2

原料：实心南瓜

类型：整雕

刀具：分刀、直刀

刀法：切、削、划、刻

步骤：（如图）

1.将南瓜切成一端略窄的长方体大坯。

2.于窄端切出头部初坯。

削去脊背部和尾部上端废料。

4.用直刀勾划出四肢动态。

5.去掉多余废料，从头至尾细工雕刻。

活学活用

　　袋鼠的形体特征是前肢短小、后肢健长、尾粗而长（其长度约为身体长度的2/3左右），雕刻时要掌握其跳跃、站立、觅食等不同动态。

金
钱
鼠

4

原料：实心南瓜
类型：整雕
刀具：分刀、直刀
刀法：切、刻、镂、剔
步骤：（如图）

1.将南瓜切
成大坯。

2.将顶端削成
三角形。

3.切成头的大形。

4.细刻出头部。

5.用直刀划刻出四肢
和金钱的大形。

6.细工修整。

活学活用

　　鼠在十二生肖中名列首位，鼠及米老鼠食雕造型在以生日、祝寿、儿童节庆为主题的宴会中应
用较为普遍。

适者生存

原料：实心南瓜

类型：整雕

刀具：直刀、小号 V 形木
　　　刻刀

刀法：刻、剔、镂

步骤：（如图）

1.取实心弯形南瓜。

2.于左端刻出鸭嘴兽头部。

3.刻出蹼状前肢。

4.刻出身体、后肢和尾部。

5.用小号 V 形木刻刀戳出身体毛发。

活学活用

鸭嘴兽的造型特征是体圆胖、尾短阔、嘴扁平、腿粗状、脚有蹼、爪尖利。

狮

◆ 双狮戏绣球

◆ 狮王争霸

◆ 太师少师

◆ 使命

教子

严父慈母

◆ 藏龙卧虎

◆ 英雄虎胆

◆ 海豚嬉戏